为一只猪,
跳一支舞

〔美〕卡森·麦卡勒斯 著 〔英〕罗尔夫·杰拉德 绘

张悲哓 译

人民文学出版社

PEOPLE'S LITERATURE PUBLISHING HOUSE

图书在版编目（CIP）数据

为一只猪，跳一支舞 / (美) 卡森·麦卡勒斯著；
(英) 罗尔夫·杰拉德绘；张悲哝译. -- 北京：人民文
学出版社，2024
ISBN 978–7–02–018661–7

Ⅰ.①为… Ⅱ.①卡… ②罗… ③张… Ⅲ.①诗集 –
美国 – 现代 Ⅳ.①I712.25

中国版本图书馆CIP数据核字(2024)第089092号

责任编辑　卜艳冰　杨　芹
装帧设计　汪佳诗

出版发行　人民文学出版社
社　　址　北京市朝内大街166号
邮政编码　100705

印　　制　山东新华印务有限公司
经　　销　全国新华书店等

字　　数　3千字
开　　本　710毫米×1000毫米　1/16
印　　张　6
版　　次　2024年5月北京第1版
印　　次　2024年5月第1次印刷

书　　号　978-7-02-018661-7
定　　价　59.00元

如有印装质量问题，请与本社图书销售中心调换。电话：010-65233595

甜蜜如酱黄瓜，干净像小奶猪

当你像酱黄瓜一样甜蜜

像小奶猪一样干净

我就会送你一枚硬币

给你跳一支舞曲

天空有多高？

天空，我知道要比树高
我知道，它比飞机还要高
但到了晚上繁星满天——
我就好奇哪个更高
是星星，还是天空？

我有时疑惑

我不疑惑世界是在什么地方
它在小孩拥进的商店，在空气清新的树林
在我们的大门口，在花园
它们都是世界展开的地方
但是亲爱的妈妈、可爱的爸爸，我有时会疑惑
世界之外是在什么地方？

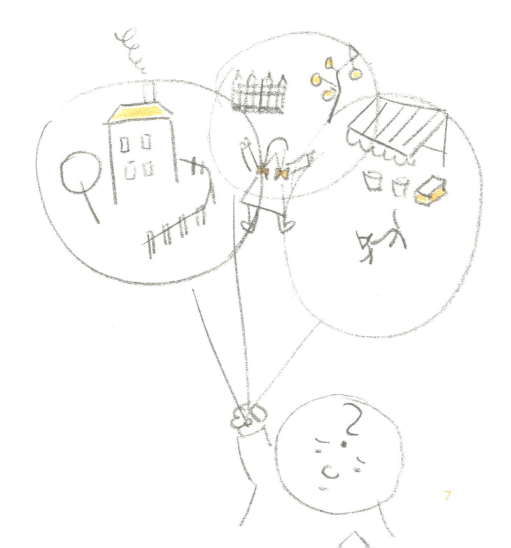

7

星期三

是谁将"D"放进了"星期三"的英文（Wednesday）里？
我敢肯定那不是我——
星期三里会有"D"？
我肯定那既不是说话的我
也不是写在纸上的"我"

给水手的歌

我从没见过汪洋
我从没见过大海
但自从我爱上了水手
那对我已经足够

十月的集市

十月的集市
人们来自各地
全城老幼都到了这里
十月的集市
啃着芥末热狗
吃着冰爽的蛋奶沙司

摩天轮和秋千
都要玩个遍
花掉鼓囊囊的钱包
快乐自己来找
在这集市
在这集市
在阳光闪耀的下午
在月亮丰盈的夜晚——
我们享受美味，一起游戏
在这十月的集市

不给糖就捣蛋

不给糖就捣蛋，不给糖就捣蛋

我们——万圣节幽灵在街上呼喊

惊吓年长的女士，用我们的假面

提着大袋子，提着枕头套

要是大人不把门打开

或者除了苹果什么都不给

就在他的窗户涂上肥皂水

就在他的大门涂上肥皂水

所以拿出好东西

你就会万事大吉

因为这是个特别的夜晚

不给糖就捣蛋

长颈鹿

在动物园我看见：一只长脖子、闪亮的长颈鹿
她的小脑袋高耸，高出青草的味道、动物园的气息
那模样，像是在做梦
她是否梦见了非洲的丛林和平原
那些景象她再也没有看见

金蛋贪吃鬼

我们有条小狗叫伯爵

爸爸叫它"傻伯爵"

它是机敏的猎犬，又像二哈糊涂蛋

当我给它穿上裤子

戴上妈妈的旧帽子

它会扯掉衣服

去追逐猫咪

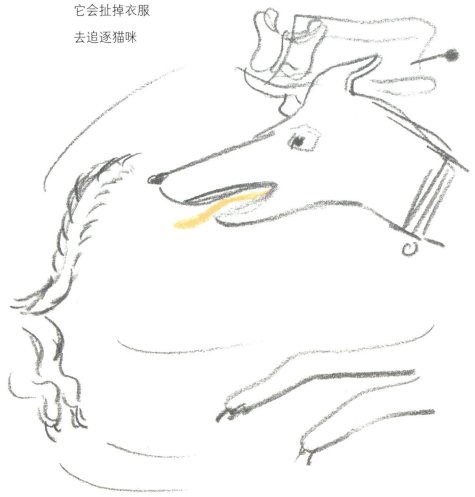

伯爵它是贪吃鬼

要是条件允许

它会跳上桌子

它会大口吞吃：

　　羊排羊腿、乡村火腿

　　奶油土豆、花园番茄

　　火腿鸡蛋、鸡腿美味

　　萝卜青菜、猪肉豆类

　　甚至我们没吃完的菠菜

有一天它的爪子挠开柜子

偷偷摸摸像个小偷在做坏事

它偷吃水果蛋糕，全部吃掉

然后在楼上大厅，翻起跟头

水果蛋糕浸泡过苹果白兰地酒

这让小伯爵醉得不像一条狗

复活节我要寻找彩蛋

于是邀请了表弟吉尔和约翰

我住在山上离他们不远

于是在早饭前开始了搜寻

伙伴们冲出去,饿着肚子,一脸兴奋

我们跑过草地,跑过花丛

湿漉漉遍地是露珠,好像雨水曾降临

复活节的早晨明亮又寒冷

金色的阳光洒满晴朗天空

尖叫着吉尔找到了第一个彩蛋

我找到了第二个,我叫得更大声

而约翰,跌跌撞撞跑过草地

跑向这个叫声,又跑向那个叫声

我们找遍了每一片叶子

每一片叶子连着每一寸草地

我们没有找到金色的彩蛋

那最大的奖励

大家你看着我，我看着你

简直不敢相信

只有爸爸看着伯爵，对它说：

"傻伯爵，你这个金蛋贪吃鬼！"

伯爵坐在地上，像在讨饶或是解释

因为伯爵会吞吃任何东西

因为它大口吞吃：

　　羊排羊腿、乡村火腿

　　奶油土豆、花园番茄

　　火腿鸡蛋、鸡腿美味

　　萝卜青菜、猪肉豆类

　　甚至我们没吃完的菠菜

所以凭什么要它放弃金蛋？

就因为这是复活节的日子？

它可是金蛋贪吃鬼！

旧时光

我给妈妈讲猴子的故事

随后她对我说：

"天哪，老天，亲爱的，

那竟然让我想起了过去，哦，天呀。

当年我还是个孩子住在桃树谷，

喜欢在小镇的周边去远足。

夏天，郁郁葱葱、金灿灿的夏天，

那时有个耍猴人带着他的猴子来到这里。

耍猴人喃喃地唱起了欢愉的曲子，

在那漫长的、漫长的夏天下午。

这时盛装打扮的猴子就跳舞，

这时盛装打扮的猴子就蹦跳。

蹦着，跳着，它会鞠躬，会吱吱叫，
它还会拿着它的帽子来讨要。
孩子们欢笑着在它的帽子里投下
硬币一分、五分、十分和二十五分。
要是十分的硬币，它会和你握手，
然后把它的帽子交给耍猴人。
要是二十五分硬币，它就
四处鞠躬，吱吱叫，这时耍猴人咧嘴微笑，
哼着曲子，那甜美的歌声，
在金灿灿翠绿的下午。"

妈妈的声音伤感又轻快
她提起的那个旧时光已不再
我问猴子和耍猴人后来怎么样了
"把牛奶喝掉，亲爱的，我不知道，
那是很久很久以前的事了。"

讨厌鬼威廉姆斯

我认识二年级的讨厌鬼威廉姆斯

他真是个坏小子

他是个留级生

他做不好数学作业

却在课本上乱涂乱画

他乱扔唾沫球

他还偷过小零钱

他撒谎成性总是狡辩说

这些事他都没干过

当贝蒂脚趾酸痛

只得穿着镂空拖鞋

来到学校上课

讨厌鬼跳跃到空中

停在空中

最后落到贝蒂的镂空拖鞋上

踩上她那酸痛的脚趾头！

故意踩上它！

啊！讨厌鬼是个坏小子

没人爱他除了他妈妈

当他被停课，他妈妈说：

"他不是坏小子，

他是个可怜的孩子……" 因为

除了他妈妈，没有人爱他

平安夜谣曲

我最好的朋友吉米

他家没有烟囱

那么在圣诞节会发生什么？

当圣诞老人飞过房顶

停留在每一个烟囱里

他是否会忘记吉米？

因为吉米家没有烟囱

潘多拉的盒子

有个小女孩叫潘多拉

她打开了一个神奇的盒子

神奇的盒子是不幸的盒子

看看吧，可怜的潘多拉会是什么结局

睡衣派对

我姐姐举办了一场睡衣派对
女孩们吃着零食叽叽喳喳到黎明
她们没有睡觉也没有打瞌睡
为什么还要叫睡衣派对？
她们整晚只是叽叽喳喳在吃零食

最喜欢的饮食

冰激凌和蛋糕是我的最爱

姐姐喜欢比萨，那是她最爱的美味

爸爸是个土豆侠也爱吃肉

妈妈却说她没有喜欢的食物

只愿意尽她所能

让全家欢乐开怀

只是我想悄悄告诉你

我们听见电视打开时

我看见她捧着糖果一大盒

她感叹着糖果如此甜蜜又美味

看不见的

我见过高山

我见过海岸

我见过许多许多的事物

我见过萤火虫点亮黑暗

我还见识过黄石公园

但有一样事物，我和其他人一样

从未见过，我发誓

我和所有人都一样，没有见过空气

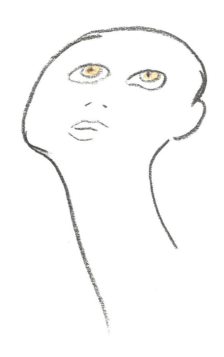

单一的世界

单一的世界或世界消失他们说都有可能
世界上有身着毛皮的因纽特人
佩带弓箭的红色印第安人
黑人，白人，红种人，黄种人——
我喜欢他们各具特色的差异
我不希望世界变成单调的唯一
但是假如像他们所说世界消失
你我都将面对什么样的结局？

宇航员

我不害怕登上宇宙飞船或在轨道飞行
那里有蓝色、紫色的光线
还有嗡嗡作响的声音
帅气的宇航服让人安心，我躺下
轻快地飞越世界，环绕地球

今天休息时小伙伴问我敢不敢
飞去月球，到底敢还是不敢
我还在考虑，他就叫我弱鸡
我仅仅在想，要是爸爸带头
我肯定不会害怕

我害怕戴黑眼罩的海盗
我害怕霍克船长
甚至害怕被问到底敢不敢
尽管那时我在想，要是爸爸带头
我肯定不会害怕

遥远的大陆

我想去异国的大陆旅行

去往无数城市和茫茫的沙漠

我将会飞跃大西洋

一旦我展开想象

我要和英国女王玩跳房子

在绿色丛林捕捉老虎和狮子

遥远的大陆，遥远又遥远

我想念它们，深深地想念

直到我几乎进入梦乡

这秘密不能告诉任何人

不过我不想去月球

或者是某一颗星星

我只想去看看大陆，遥远又遥远

老鼠和彩虹

下午太阳照耀，同时小雨绵绵

下午天边有一道彩虹——

橙色、金色和红色的条带，像无数多彩的花朵

在天边弯下一张大弓，弯成一道弧线横跨天空

孩子们跑过湿漉漉的草地，指着彩虹

大声喊："天哪，快看！"

为什么手指着人是粗鲁的举动

却偏偏可以指着老鼠或者彩虹？

我老了，我也能记得

金黄的秋天，蓝色的日子

树林闪闪发光，空气闪烁寒冷

树叶飘落旋转在空中

旋转舞蹈在起风的空中

夜晚的风雨将它带走

离开了枝干赤裸的树林

我醒过来后感到震惊

是枯萎吗，树林？

尽管我老了，我能记得

万木凋零在寒冷的十一月

嫩绿，嫩绿的春天，我能记得

呼噜噜、轰噜噜、咔噜噜、瑟噜噜

当你从黑色的悬崖坠落
身体轻飘飘像是羽毛
睁开眼睛面对明亮的天气——
你已经睡着了

当你被一个坏人追赶
身体陷入松软的流沙
你是在做着噩梦——
然后被噩梦吓醒

当玫瑰在暴风雪中开花
房子像巫师的房子一样奇特
你已经陷入梦境
这些梦有什么含义?
呼噜噜、轰噜噜、咔噜噜、瑟噜噜
这就是梦的含义

85